눈부처

매헌현대시선 **010**

눈부처
이희영 제7시집

인쇄일 | 2023년 12월 19일
발행일 | 2023년 12월 22일

지은이 | 이희영
펴낸이 | 설미선
펴낸곳 | 뉴매헌출판
주　소 | 충남 예산군 예산읍 교남길 33
E-mail | new-maeheon@hanmail.net

값 12,000원

ISBN 979-11-984692-5-0(03810)

눈부처

이희영 제7시집

뉴 NEW
맨헌
新書院出版사

시인의 말

가을은 무언가 채워도 채워도, 채워지지 않는 부족한 감성으로 읽어 줄 상대가 없어도 편지를 쓰고 싶어지는 계절인가 봅니다. 글쟁이들 또한 가을에 쓰는 글들은 외로운 감성으로 붉게 물들어 가기도 합니다.

詩, 詩는 읽어 줄 상대가 많으니, 세상에 나 혼자뿐이라는 고독감에서는 벗어날 수가 있어서 좋습니다. 그러나 세상모두가 나를 지켜보고 있다는 생각에 조심성이 요구되고 부끄럼이 선행되는 작업이기도 합니다.

서평을 써 주시겠다는 문단의 석학, 신익선 박사님 댁을 단걸음에 달려가 원고를 드린 나의 용기는 어디서 나온 것인지? 회초리 맞을 것을 각오하고 떨리는 가슴으로 테이블 위에 원고 파일을 꺼내놓자, 쭈욱 한 번 훑어보시고, 詩 몇 수 들춰내어 잘 썼다고 하셨는데, 아마도 출판을 코앞에 두었으니 시간적 여유가 없어 그러신 것으로 알고 있지만, 후유! 하는 안도의 숨이 절로 나왔습니다.

시집을 내면서 알게 된 사실이지만 서평을 청탁 드릴 때
맨 처음 부끄러움이 오고, 시집을 지인들께 직접 넘겨 드릴
때, 두 번째 부끄러움으로 얼굴이 화끈거립니다. 그러나 그
부끄럼이 부끄럼으로만 생각되지 않기 때문에 또다시 도전
할 힘을 얻어 가을의 외로움을 달래어 가나 봅니다. 어쩌면
이런 사유가 있어서 저에게 가을은 행복한 계절이 되곤 하
는가 봅니다.

2023년 10월 어느 날

五帆 이희영

제2부
쪽방 일기

제3부
대추씨 한 알

제4부
바우가 쓴 시

눈부처

五峀 이희영 제7시집

제1부

———

눈부처

눈부처 1

나는 너의 거울이 되고
너는 나의 거울이 되어

내 눈 속에 너를 담고
네 눈 속에 나를 담으면

우리는 부처의 마음 되어
눈부처라 부른다

눈부처 2

서로를 비춰주는 연인들의
거울이다

그대 담은 내 사랑
어디에다 비춰볼가

그대는 아는가?

내 사랑
눈부처 되어
마주 담고 싶은 걸

눈부처 3

들판에 질펀한 달맞이꽃 봉오리에
서걱서걱 달이 피어나고 있다

자작나무 숲으로 오세요

사랑은 첫사랑도 연습이고, 끝 사랑도 연습이어라
연습에 지친 사람들은 눈 덮인 하얀 겨울에
자작나무 숲으로 오세요

어떤 다른 나무가 곁에 있는 것을 허락지 않고
스스로 순수만을 고집하여 하얗게 속살까지 드러낸
몸매도 미끈한 자작나무 숲

하늘도 땅도 나무도 온통 눈 덮인 겨울이 되면
당신이 입고 있는 옷이 굵히고 헤지고 남루하더라도
내 품 안에 안겨질 땐 당신까지 하얗게 투명해질 것이외다

사랑은 완성이란 있을 수 없어
다만 연습의 모습이 사랑의 빛으로 보여질 뿐
노을로 타는 섬들이 일순 불꽃으로 보이는 것처럼
사랑 또한 그러한 것이외다

세상이 순백으로 하나가 될 때
대지는 하나의 작은 점이 되고, 점은 대지를 이루며
형체도 색깔도 구분이 안 되어

너와 나의 경계는 이미 사라지고
오직 순수만이 절정에 있을 뿐이외다

하늘빛은 하얗게 내려앉아 있는데
눈은 언제쯤에나 올 것인지

콩새

철새는 어김없이 때만 되면
날아가고, 날아온다

수 만리를 날아다녀
힘도 세고, 뚝심도 좋다

콩새는 작아도 철새다

그대 떠날 때 돌려 신은 신발
한 번 더 되돌리면 될 것을

콩새만도 못한 그대가
왜 이렇게도 보고 싶은지

그대 목소리

큰 소리도 아니고
작은 소리도 아니고

높은 소리도 아니고
낮은 소리도 아니고

청음도 아니고
탁음도 아닌데

사랑이란
말이 아니어도

목소리만 들으면
가슴부터 출렁인다

사랑만 한다면

개가 사람과 함께 사는 애견이 되려면
기본은 생김새만 잘 생기면 된다
주인과 주인 재산을 지키기 위해서
짖기도 하고, 물기도 하는 것은 똥개도 잘 한다
죽는 날까지 반려견이 되려면
말귀도 알아듣고 행동할 줄 알아야 한다
단순한 행동으로 끝나지 않고
심부름도 할 줄 알아야 한다
시키는 일뿐만 아니라
주인이 외출한다면 미리 신발도 챙겨야 한다
주인이 시장에 간다면 미리 장바구니 입에 물고
앞장서야 한다
개들은 사람과 반려견이 되기 위해서는
평생 피눈물 나는 개고생이 따른다
그러나 사람이 반려자가 되는 것은
아주아주 쉽다.

사랑만 한다면,

정거장에서

그대 떠나는
기차 꽁무니에 눈길 얹어
멀리까지 바라보고 있었습니다

찻길이 점점 좁아지면서
기차 꽁무니도 점점
작아져 갔습니다

드디어는
한 줄기의 짧은 선안에 작은 점이
갇혔다가 사라져 버렸습니다

멍

침은 똑같은 침이라도
어디를 맞느냐에 따라서 아픔이 달라진다

가슴이나 배는 어디를 맞아도
아픈 줄 모르지만, 발바닥은 어디를 맞아도
절로 '아얏' 소리가 터진다

침도 아니고 몽둥이도 아닌 것이
가슴은 세게 때리지 않아도 맞기도 전에
시퍼렇게 멍부터 든다

사랑 같은 것이,

먼저 죽으라는 사랑

평생 해로하며 팔십을 넘은
노부부의 대화 소리를 우연이 들었다

"아니야 나보다 당신이 먼저 죽어야 돼"
"아니래두 임자가 나보다 먼저 죽는 것이 정답여"

서로가 먼저 죽으라니, 부부의 대화치고는
섬뜩한 느낌까지 들었다

사랑하는 사이에 이별은
떠나는 쪽보다 남아있는 쪽이 훨씬 슬퍼서
서로가 남아있으려 하질 않는다

그 큰 슬픔을 홀로 떠안으며
남아있는 쪽을 택한다는 것은
노부부만의 농익은 사랑법일 것이니

이별 연습 3

사랑하는 사람과
헤어져 산다는 것은

늘, 그리움과 함께 사는 것

그리움과 함께 사는 것은
고통이라 하겠지만

그리워 할 사람조차
없는 사람에겐

고통도 부러운 사랑이려니

이별

만남은 이별을 끼고 오고
이별은 만남을 깔고 간다

만남과 이별이 오고 감이
평생이 되는 것을

가버린 이별을 너무
서러워 마라

발길 조금만 돌리면
못 닿은 만남이 지천에 있으려니

그냥 1

그냥 그녀가 좋아서
매일 만날 수 있는 회사가 좋아졌는데

그녀는 내가 좋아하는 것도 알지 못하고
말도 없이 훌쩍 떠나 버렸다

가슴이 허전하고 저려오는 것을 보고
그녀를 사랑했음을 훗날에야 알았지

그냥 좋아했으니 그냥 가버렸어도
그녀의 잘못은 아니련만

물어뜯어도 시원치 않을
눈치도 코치도 없는 멍순이

그냥 좋아만 했었는데 그것이 진짜 사랑 였나봐
먼 세월 흘렀어도 잊을 수가 없어

그냥 2

가림막이 필요해 돌담을 쌓아둔 건 아니다
도둑이 들가봐 쌓아둔 것도 아니다
탑 쌓고 남은 돌 있어 그냥 쌓았을 뿐인데

세월 가며 태풍에도 무너지고, 장마에도 무너져
다시 쌓곤 했다
이제는 무너지면 그만 쌓고 싶다

당신과 나 사이에 그냥 당기고 있는 줄
이제는 그만 당기고 싶다

팽팽하게 당긴 줄이 끊어지면
당신도 나도 천 길 낭떠러지로 자빠지고 말 것이니

이별 그리고 눈물

누가 눈물 없는 이별이라 하여
슬픔 없는 이별이라 쉽게 말 하는가

심장을 찢어내는 아픔은,

연기演技로도 퍼낼 수 있는 눈물이 아니라
눈물로는 퍼내지 못하는 슬픔인 것이다

참는다는 것

참는다는 것은
참을 수 없을 때
끝내는 것이 아니라
참을 수 없을 때
그때를
참아내는 것이
참는 것이다

사랑하는 일처럼

눈부처

五범 **이희영** 제7시집

제2부

———

쪽방 일기

두 밭농사

몇 날 며칠
밭에 난 잡초를 다 뽑았다 싶으면
먼저 뽑은 땅에 새로 자란 잡초가 수북하다

몇 날 며칠
외국어를 하겠다고 단어를 외었다 싶으면
먼저 외운 단어는 모조리 잊어 버린다

두 군데 밭농사를 짓다 보니
농사철만 되면 익은 단어에 잡초가 무성해진다

고향에 와서 보니

하늘에서 살고 있는
새들과, 해와 달, 별, 구름까지
바뀌어 진 것은 하나도 없는데

땅에서 살고 있는
사람과 짐승, 나무와 시냇물까지
바뀌지 않은 것은 하나도 없다

반백 년 가슴에 넣고 다니면서
외로울 때 몰래몰래 꺼내 본 고향이라
아무래도 손을 탄 모양이다

반쪽 살기

미국에 사시는 구십 세 된 누님께
안부 전화 드렸다

요즘 건강은 어떠세요?
밤에는 죽고 낮에만 산다

그게 무슨 말씀 예요?
밤이 되면 오만 삭신 다 쑤셔대어
죽은 목숨 되었다가, 낮이 되면
겨우 살려놓는구나

그럼 어떻게 하지요?
사는 쪽만 몰아서 반으로 줄여
주면 좋겠다 만……,

그게 맘대로 되겠어요?
네가 좀 알아봐라! 늘 해가
떠있는 나라도 있다든데……

뒷간

우리는 누구나
세계 최고의 권력기관을
집 안에 모시고 산다

얼마나 명령이 지엄한지
대통령도 호출하면
꼼짝없이 복종 해야 한다

지우개

이면지에 써놓은 초고,
못된 것은 고치고, 잘된 것은 밑줄 긋고
지우개로 지워가며 다시 써 간다

인생살이도 초고처럼
지우고, 다듬고, 고치고 다시 쓸 수 있다면
아름답게 살 수 있을 텐데

살아가는 흔적 지우기도 하고
다시 쓰기도 하는 그런 방법
알려 줄 누구 없나요?

손

손은 놓는 것이 아니라
잡는 것이다

손이 잡으면 일은 시작되고

손이 익어지면 일은 능숙해지고

손이 놀면 일은 멈춰지고

손이 놓으면 일은 끝난다

손은 마디마디 뭉그러지고
휘어지도록 평생 일만 하지만
어떤 댓가나 보상은 생각조차 안 한다

죽어지면 삼베 벙어리장갑 한 켤레가
고작이지만
숟가락 놓칠 때까지 일만 하다 간다

손목시계

시간의 콧구멍에 코뚜레를 꿰어 손목에다
단단히 묶고 온종일 다녔다

잠자느라 밤사이 머리맡에 풀어 놓았다가
아침에 일어나 보니
시간은 떼지어 도망쳐 버렸네

누룽지 1

뜨겁게 익어야
조금만
허락해 주는
귀한 몸

누룽지 2

누나가 대문 밖에까지 쫓아 나와
책보 한쪽에 찔러준 누룽지 한 덩이
공부시간 중에 슬그머니 꺼내어
선생님 몰래 야금야금 먹어 치웠지

그때만 해도 누룽지는 굴품할 때
간식거리로 먹었거나, 부잣집에서
개, 돼지 밥그릇에 부어주기도 했었지

지금은 간식용 먹거리로 상품이 되기도 했고
음식점 메뉴판에 버젓이 올라있어
돈 없이는 먹을 수 없는 귀한 몸 되었지만

아뿔싸!
그때 그 맛은 어디로 갔나?

선생님 몰래 훔쳐 온 그 맛!

자격 미달

달력에 표시해 놓은 애들 생일을
지난 후에야 생각이나
마음 아파 잠이 설쳤다

결혼기념일도 잊고 사는 주제에
자식 생일 잊는 것이 그렇게
아파할 자격이나 있는가?

아하!
그래서 잊는 것도 등급이 있다지

잘 알만한 친구에게
이런 내가 치매 등급 아닌지를 물었더니
친구의 대답은 쉽게 나왔다

"자식도 배우자도 얼굴까지 잊었을 땐
  치매 등급이고, 친구는 아직 자격 미달이니까
  한참 노력해야 치매 등급을 딸 수 있다"하네

돋보기

버젓한 책상이 없던 소싯적
앉은뱅이책상에서 공부할 때였다

공부 시작 전에 반드시
책상머리에 앉아 연필을 깎아야 했다

집 나간 마음을 불러들이고
불러온 마음을 다듬질하기 위해서
연필을 깎는 것이 버릇이 되었다

어떤 때는 두 자루, 세 자루를 깎고 있을 때면
등 뒤에서 아버지의 불호령이 떨어졌다

"너는 하라는 공부는 안 하고 연필만 깎으며
  하는 척만 하는 거냐?"

지금은 시를 쓰기 전에
앉은뱅이책상 앞에 앉아 연필 대신에
돋보기를 닦아내야 한다

지청구하시던 아버지가 안 계시니
아버지가 보일 때까지 돋보기만
자꾸 닦아내고 있다

엎질러진 커피잔

식탁 위에 올려놓은
커피잔을 한 모금도 못 마시고
홀딱 엎질러 버렸다

빈 잔을 세워놓고 보니
한 쪽이 귀 떨어진 모양이
전에 없이 눈에 밟혀 온다

그릇이 귀가 떨어지면 재수 없다고
버리는 것이 좋다고 하든데,

냄비도 솥도 물이 샐 땐
때워서까지 썼는데……

머그컵 끝자락에 흠 조금 생겼다고
버려야 하는 걸까?

커피는 다시 타서 먹었지만 뒷맛이
왠지 씁쓰레 하네

기우제

기다림이 건조해지면 가뭄이 되고
기다림이 뭉쳐지면 변비가 된다

가뭄이 심해지면 기우제를 지내고
변비가 심해지면 변비약을 먹는다

나는 오늘 아침 변비약이 떨어져
화장실에 들어가서 기우제를 지냈다

내비(navigation)

포장마차는 상호도 없고 주소도 없어
발바닥이 내비다

술도, 안주도 주문하기 전에
주인이 내비다

내 차는 내비가 없어도 포장마차
거리는 잘도 다닌다

토방 넘기

예닐곱 살 때쯤 일가
고추를 내놓고 마루 끝에 서서
기세등등하게 오줌을 쏘아 올렸다

토방 너머 낙수지는 곳까지 오줌 줄기가
뻗쳐 줄 것을 목표로 꼬추를 꽉 쥐고 쏘는 것이다

오줌 줄기는 토방을 건너서 빗방울 따라
흘러갔고, 흔적 하나 남김없이 감쪽같았으니
그 뒤에도 비오는 날이면 몇 차례 더 쏴 댔다

평생토록 토방을 넘기는 기개 세워
쏘고, 오르고, 넘어서며 살았지만
토방은 생각보다 넓기만 했다

이제는 넘어야 할 토방도 사라져 버렸고
오줌은 누는 건지, 흘리는 건지 가리질 못해
슬며시 붙들고 귀착지로 안내해야 한다

개헤엄

건느지 못할 강이었기에
폭이 좁고 물살 순한 강물 찾아
헤엄쳐 건느려고 애를 쓰다가
강물 흐름으로 떠내려왔네

강폭이 넓어지면
얕아야 할 강 하구는
더 깊고, 더 넓어졌으니
바다 가까이 와 있음을 알았네

애당초 못 건늘 강인 줄 알았다면
건느려고 생각이나 말았을 걸
물살은 파도 되어
너울쳐 오고 있네

어쩌다 보니

입학시험 볼 때는 언제든지
그 학교 일학년 학생이
세상에서 가장 부러웠다

군 입대 훈련병 때는
훈련 갓 마친 이등병이
세상에서 가장 부러웠다

취직시험 볼 때는 언제든지
그 회사 신입사원이
세상에서 가장 부러웠다

운전면허 시험 볼 때는
초보 운전자들이
세상에서 가장 부러웠다

병원에 입원했을 때는
퇴원하는 사람이
세상에서 가장 부러웠다

어쩌다 보니
부러운 사람 모두 다 사라지고
내 앞에는 노인들만 그득하네

남성들의 고질

쳐다보면 낯 가리어
숨어 버린다

외면하면 슬그머니
딴 길로 삐져 나간다

살짝 붙들고 달래가며
못 본 척 길을 세운다

엄나무를 베어내고

차가운 대리석 바닥도
오래 누워있으면 온기가 생겨나듯

할퀴고 넘어지며 순을 잘랐어도
이 십년 싸운 정이 의리로 쌓였다

요란한 엔진 톱이 나무에 닿는 순간
가슴이 덜컥 내려앉는 소리도 들렸다

나무를 베어내고, 깊게 잠든 밤
죽은 가시들이 떼로 몰려와 심장을 찌른다

날 버리고 가버린 마지막 사랑처럼
죽은 가시가 산 가시보다 더 아프게 찔러댄다

나의 그림자

그대는 내가 잠잘 때만 빼놓고
늘 나와 함께 산다

그대는 빛이 잠잘 때만 빼놓고
늘 빛과 함께 산다

그대가 있음을 보며 빛이 있음을 알고
빛이 있음을 보며 나의 존재를 안다

그대 모습이 진하고, 깊으면
나 또한 무언가 뜨겁게 열중할 때이다

언젠가
속상한 일이 생겨 터덕터덕 걷고 있는데
그대, 따라 나오며 발걸음까지 흉내 냈다

성깔이 돋아 발끝으로 걸어 찾지만
도망치지 않고, 신발 껴안으며 매달렸던 그대

착하기만 한 그대여!

나 죽은 후에도 따라 죽지 말고 오래오래 살아줘!

이 땅 위에 내 그림자로,

이빨

물어뜯을 수도 있고
오물오물 씹을 수도 있다

물어뜯어라!
갈비 먹기 위해서는

살다 보면 더러는
갈비 먹는 이빨이
절실할 때가 있더라

제3부

대추씨 한 알

대추 씨 한 알 1

큰아들 장가간 지 이십 성상
작은아들 장가간 지 십여 성상
삼십 년 쌓인 세월이 손자 하나 못 들여왔다

제상 맨 앞줄, 맨 처음 우대받는 자리부터
결혼식 폐백엔 아들 낳아 달라고
모셔가는 과일이 대추

이빨로 씹어도 씹히지 않는 대추 씨같이
단단한 손자 하나 점지해 주시라고

뜰앞 개울둑에
이십여 년 묵은 감나무를 일순에 베어내고
그 자리에 대추 묘목 심어놓고 빌어 모신다

대추 나무님!
당신은 어찌해서 삼 년이 지나도록
손자는커녕 당신 자식조차
못 만들고 있나요?

차라리

내가 만들어도 손자 할 수 있다면

대추 씨 한 알 등에 업고 오입질 한 번 해볼까요

대추 씨 한 알 2

아들들아!
손자 좀 낳아다오

형제가 합쳐서 아들 하나만이라도
만들어 줄 수 없겠냐?

아비의 결연한 목소리가 선산 주변
억세게 자란 억새까지 고개 떨군다

요즘 손자를 얻으려면
할애비가 아들 내외에게 수 억이나
선수금을 건네야만
착한 며느리면 들어 줄 수 있다지?

돈 팔자 없는 놈은
자식 팔자도 없는 것인가
죽어지면 무슨 면목으로 조상님들
뵈올 건가

세상이 요지경이니
목숨 붙었다고 다 사는 것이 아니다

묵은 이름

폰은 배가 차오르면 무거워 진다 하기에
이름 석자라도 덜어 낼가 싶어
처음으로 먼지 쌓인 이름을 꺼내 본다

학창 시절 동창, 회사 시절 동료, 세사리 할 때 이웃
잠시잠깐 정 나누었던 사람들, 이미 고인이 된 사람들까지

오랫동안 폰 속에 묵혀둔 까닭인지
모습은 진즉 사라져 버리고 이름 목숨만 남아
간당간당 촌각에 걸려있다

이대로 둔다 해도 저절로 잊혀질 이름이거늘
굳이 내 손가락으로 지워야 하는 걸까?

지금쯤 누군가 내 이름도 들춰내어
죽일지 살릴지 저울질하고 있을 것만 같아

차마, 참아!
옛 이름 지울 수 없어
전화기 뚜껑을 냅다 닫았다

나의 아버지

아버지는 벅찬 서사시
아버지가 늘 무서웠다

아버지가 나를 혼낼 때 부러뜨린
할머니의 장죽 담뱃대만 보면
소름이 돋았다

까닭 없이 죽이고 싶던 선생님도
아버지의 성난 눈매를 닮아 있었다

아버지와 함께 사시는
어머니가 늘 걱정되곤 했다

마침내 친아버지가 계실 것 같다는
짐작이 사춘기와 만나 가출을 꿈꿨다

그러던 여름날
자고 있던 내 이마의 종기 고름을
아버지는 입으로 빨아 내셨다

아버지의 맵던 회초리가 뜨겁게
가슴 속으로 변곡점을 찍었다

아버지의 삶은 시만큼 아름다웠지만
시보다 훨씬 고독 하셨다

다리 세우기

시냇물 위로 다리를 놓으니
남의 동네가 내 동네가 되었다

바다 위로 다리를 놓으니
멀리 있던 섬이 육지 끝에 달라 붙었다

윗집 경숙 할머니 섬 끝 사돈집 손녀딸
돌잔치 다녀와서 바닷길 자랑이 한창이다

온 사람 다시 가고
간 사람 다시 와서
다리는 날마다 굳은살이 박히는데

한 번 가신 우리 엄니는 왜 못 오시나요?

섬으로 가는 길고 튼튼한 무쇠 다리
하늘까지 세워 드리면 잠깐이라도
오셨다 가실 수 있나요?

눈 다래끼

뒤꼍 언덕바지에 새로 나온 죽순과 잡목들을
베어내니 모처럼 본모습이 드러나며 새집처럼 정결
해졌다
장마 틈새로 아침햇살이 빗은 머리같이 곱게 내려와
소꿉장난이라도 하는 듯 재잘거린다

내 눈에 다래끼가 생겨나면 어머니는 아침 해가 뜰 때
내 손목을 잡고 언덕에 올라가, 하얀 대접에 정화수 모셔
놓고 팥알을 정화수에 담그시며 병이 낫기를 주술 해 주셨
지요. 늦어도 하룻밤 자고 나면 다래끼는 거짓말처럼 사라
지곤 했었지요

어느새
어머니도 멀리 가버리시고 다래끼가 기승 하던 세상도
슬그머니 감춰 버렸지요. 그때 그 곱던 햇살이 언덕에
다시 내려앉아 소곤거리고, 고목나무 새소리는
옛날 그대로인데 날 위해 빌어 주시던 어머니는 어디 계신
가요

'엄니! 제 눈에 다래끼 올랐어요'

효도의 기준

친구 집 잔칫날에 술맛 댕겨
덩달아 설레발치고 다녔다

독신을 고집하던 그놈의 막내 딸년이
사십을 훌쩍 넘어서 바람이 났단다

멀쩡하던 놈이 난생처음 싱글거리며
연신 침을 흘리는 것을 보았다

쇠늙은 딸년 시집 보내는 것이
친구 놈 장가가는 것만치나
그렇게 철부지가 되었다

처녀 귀신 될 줄 알았다가
심청이 공양미로 삼 백석을 받았다며
술이나 실컷 먹고 가란다

행복

그림을 잘 그리는
초등학교 2학년 손녀딸한테
호기심이 발동했다

복福이란 어떤 것인지 그려볼 수 있겠냐 했더니
거침없이 거북이 저금통을 그렸다

대견스럽다는 생각에
사랑의 모양을 그려보라 했더니
단박에 하트 모양에 색칠까지 하여
보여주었다

내심 못 그릴 거라는 생각으로
행복을 그릴 것을 주문했더니 한참 생각 끝에
엄마, 아빠 그리고 자신을 그려 놓았다

그림만 보고서는 이해 못 하겠다는 할애비에게
"이중 누구 한 사람이라도 아프면 행복할 수 없다"고
주저하지 않고 설명해 준다

웃음의 미학

늙은 남편 홀로 두고 딸네 집에 가서
외손자 손녀 돌봐주며 몇 날 며칠을
가사 도우미로 살다 온다는
나의 여동생

한참 만에 만나
바싹 늙어진 모습 보고
"이젠 자식위한 인생살이는 그만 졸업하고
내 인생도 살아 볼 때가 되지 않았어?"

"호호 히히"
동생은 웃음으로 대답을 대신 하더니
핸드폰 속에다 키우고 있는 손자들의
영상물을 보여준다

영상물을 함께 보다가
나도 그냥 따라 웃고 말았다
"허허 허 허허"

어린이 날 단상

애들을 불러서
선물을 사주어야 하나?

엄마 아빠 찾아가서
어리광을 부려야 하나?

이것도, 저것도 해당 사항 없으면
무엇을 해야 하나?

나도 한때는 어린이였는데……

눈길 1

얼굴의 오관중
입, 코, 귀는 한 쪽 길만 있어
일방통행이지만
눈에는 사방으로 통하는
사통팔달의 길이 있다

* 주註 : 얼굴의 오관五官

　　　눈, 코, 입, 귀, 혀

눈길 2

눈이 가는 길은 눈길이라 하고
발이 가는 길은 발길이라 한다

눈길은 걸음이 번개같이 빨라
가야 할 길을 먼저 다녀와서
발길이 가도록 길 안내 한다

눈길은 보이지 않고
걸을 수도 없지만

하늘을 보면 하늘에 길 나고
땅을 보면 땅에 길 나고
바다를 보면 바다에 길 나고
꿈을 보면 꿈속에 길 난다

눈을 슬프게 뜨면 설운 눈길 되고
눈을 무섭게 뜨면 사나운 눈길 된다

사나운 눈길이 마주치면
싸움이 시작 되고

뜨거운 눈길이 마주치면
사랑이 시작 된다

사과 껍질 벗겨

사과 껍질을 벗겨내니
모습이 같은 또 다른
사과가 나왔다

대우주가 소우주를
품고 있었다

그것은 껍질을 벗겨서 생겨난
것이 아니라 미리 그렇게
되어있었다

시처럼.

꽃시

꽃시 한 송이 피우고 싶다

꽃을 보기만 하면 시인들은
꽃을 노래했고

꽃을 보기만 하면 화가들은
꽃을 담아냈다

꽃이 예쁘다고 다 아름다운 것은 아니다
꽃이 아름답다고 다 예쁜 것은 아니다

그래서
아름답고 예쁜
꽃시 한 송이 피우고 싶다

길고양이

눈 쌓인 겨울 아침
알록달록한 어린 고양이
방문 앞에 얼쩡이며 울어대네

눈동자가 애처로워
마른 멸치 한 움큼 내준 것이
만남의 첫 시작이었지

사랑하는 사이가 그러하듯이
동물도 밥 먹을 때가 가장 사랑스러워

먹고 있는 고양이 머리에 슬며시 손을 대자
후다닥 며칠 먹던 밥그릇도 박차고
달아나 버리네

결 고운 뒷모습에 빠져
사랑했는데
뒤도 돌아보지 않고
냅다 떠나버린 나의 짝사랑이여.

다름

집고양이와 길고양이의
경계는 사랑이었다

기준 없는 기준

한반도를 열광케한
트롯 가수를 뽑는 TV 프로그램이 있었다
엄청난 노래 실력에 놀랐고
빼어난 인물에 또 한 번 놀라게 했다
노래 한 가지만 잘 부른다고 가수가 되는 시대는
이미 유행가처럼 흘러간 것 같다
그러나
아직도 가수 뽑는 것보다
훨씬 더 열광하는 곳이 있다
인물은 전혀 상관치 않는다
학식도 인격도 상관치 않는다
나이도 성별도 상관치 않는다
사기 잘 치고 욕설과 싸움만 잘 하면
묻지도 따지지도 않고 선발해 주는
범법자의 천국이 있다
여의도 투견장.

술 권하는 막글

목롯집 벽지 위로 뿌려진 막글이
막풀보다 무성하여
담장 너머로 탈출해 나왔다

술 한 잔 고파진 모양이다

도망쳐 나온 막글과 마주 앉아
대포 몇 잔 기울였더니
목롯집 문턱 넘기도 전에
그만 자빠져 버렸다

대천국민학교 모교를 돌아보며

나는 학교 정문 앞에 우두커니 서서
학교 안을 들여다본 지가 한참이 되었다
몇 명 안 되는 꼬마들이 재잘거리며
정문 쪽으로 다가온다

멀리서 올 때부터 던져진 나의 시선이
내 앞으로 가까워지자 팔을 벌려 안아주고 싶다

내 고향 친구들의 손자이고, 손녀이며 분명 나의
후배들이니 안아주어도 좋으련만,

이들은 나를 알지 못하니 꺼리어 도망칠 것이다

내 발자국이 있을 것만 같은 널은 운동장은 잘려버렸고
목제교실 칸막이가 송송 구멍이 뚫리어 옆 반 여학생들을
훔쳐보던 교사校舍는 바뀌었어도
평생 가슴에 담고 사랑하며 살아온 모교이거늘,

이들이 나를 낯가림 한다 해도
나는 섭섭하거나 슬퍼하지는 않으리!

돌아서 나와 차도를 건느려고 하니
교통할아버지가 깃발을 들어 길을 막으며 기다렸다가
학생들이 모이거든 함께 건너가라 한다

제4부

바우가 쓴 시

바우가 쓴 시

억만년 묵고 있는
도롯가 바우 하나

늘 그 자리에 그렇게
죽은 듯 누워있는 줄 알았는데

바우에 틈새 만들어 채송화 한 송이 모셔 왔네

아기 채송화 봉긋이 입 벌리며
아침 햇살에 연분홍빛 웃음이 옹알이 한다

바우는 수 만년 죽어 있어도
꽃으로 시를 말하는데

백 년 살다 죽는 시인은
무엇으로 시를 말할 건가?

늦더위

창고에 들어갔다 다시 나온 선풍기는
찐득찐득한 찌꺼기 더위를 쫓느라고
건성건성 돌아가고 있다

국수 건져낸 뒷물처럼 미적지근한 수돗물이
샤워하는 사람을 다시 헹구어 내어
더위는 피부병같이 자꾸만 몸으로 옮겨붙는다

한여름 울다 남은 매미는
고목 꼭대기에 울음 한 자락 걸쳐놓고
흐느적흐느적 늘어진 가지를 흔들어 댄다

문패 2

사람이 좋아서 한 집에 살고 있는
반려견이 있다면, 반려조도 있어
제비도 함께 살아간다

수 만리 강남까지 갔다 오는
날짐승이지만 산도 들도 아닌
꼭이, 사람 사는 집 속에 자신들의 집을 짓고
부대껴가며 정붙여 살아오고 있다

집 떠난 지 몇 십 년 만에
고향 집에 돌아와서, 같이 살았던
제비마저 떠나고 없음을
이듬해 봄날이 왔을 때나 알았다

종다리도 뻐꾸기도 진즉에 와서
봄을 구가하는데 제비는 얼마나 멀리 갔기에
아직도 도착하지 못 하는가?

"나, 고향 집에 왔어! 이희영이"
문패가 없어 찾지를 못 하는가 본데
이름석자 커다랗게 써서 문설주에 걸어 놓을게

철부지들

코스모스 군락에서 우뚝 밀어 올린
꽃 한 송이가 하늘을 두리번거린다

지난여름 밤새 뜨락을 울려대던
귀뚜리 한 마리가 늦더위에 흐실흐실 울어댄다

철모르는 철부지들
엿장수가 왔다고 고무신도 먼저 닳나

달 밝은 밤 오동잎 떨어지는 소리가
만져질 때쯤 가을이라 부르거늘

아직 오동잎은 백야청청 하단다

장마 3

가뭄 때엔
아기 코스모스 고사할 가봐 걱정

장마 때엔
어른 코스모스 엎쳐질 가봐 걱정

바깥마당 빈터에 코스모스 심어 놓고
내 가슴 빈터엔 걱정만 심어 놨다

코스모스 길가에

올해에도 전과같이
도로변 따라 무더기로
가냘게 자라고 있는 코스모스가 보인다

기다리다 지쳐 야윈 몸 쓰러질가 봐
무리지어 서로를 기대며 서 있다

서로 먼저 보고 싶어 까치발 세우다가
다른 꽃들보다 훌쩍 자랐다

실바람만 스치어도 그분 오는 듯싶어
고개만 갸웃갸웃 흔들 거린다

이슬

구름 한 점 없는 청량한 아침
얼마나 많은 구름 속 빗물을
쪼개고, 갈아내고, 씻어 냈을까

풀잎 끝에 한 방울 맺힌 이슬
다이아몬드 빛깔보다 더 영롱한 까닭을
이제야 알 것 같네

어차피
가뭄이 길어져야 한다면
구름은 없어도 좋을 것이니
한낮에도 마르지 않는 이슬이게 하소서

동백꽃 2

겨울에 내리는 밤비가
번개를 앞세워 구름을 불사르며
천둥소리는 천지를 진동시킨다

철도 모르는 비가 무엇이 저렇게
도도할 수 있는 걸까

비 개인 아침
마당가 동백꽃 몇 그루
뜨다 말은 부처 눈길, 눈꺼풀 활짝 열고
천둥이 찢고간 하늘에 꽂힌다

봄날은 간다 2

진달래도 왔다 가고
개나리도 왔다 가고

뻐꾸기 종다리는 와서
그냥 눌러살고 있는데

꽃 피고 새 울면
온다던 그 사람은

올 건지
말 건지

봄날 되면 찾아오는 황사바람은
길목마다 진종일 누굴 막아 섰나

모가 있는 망종 풍경

햇모를 이앙한 지 사흘이나 되었을가
해맑간 무논 밑으로
하늘이 덥석 누워 버렸다

흰 구름은 한가롭게
걸음이 멈춰 서 있고

구름 사이 파란 우물 밑으로
아기 모들이 나란히 주둥이를 모았다

아기들은 모두가 똑같아서
젖을 먹어야 크는 모양이다

헌 담장

담쟁이가 용케도
헌 담장을 찾아와서

쉽게 담벼락을 기어올라
꼬마 담을 으스러지도록 껴안았다

박새 부부가 담쟁이넝쿨 속에
둥지 틀어 새끼 키우며 살고, 가고

귀뚜리들이 지새워 손톱달을
사모하여 가을을 나고, 가고

저문 가을은 떠날 생각 잊은 채
붉게 물든 담쟁이 이파리 속에
눌러앉아 있네

늙어 간다는 것도
헌 담장만치나
곱게 익어가야 할 건데……

집 4

공중에 매달려 사는 거미 집
동굴에 매달려 사는 박쥐 집

지붕이 없는 새집
지붕만 있는 벌집

지고 다니는 달팽이 집
출입문도, 창문도 없는 누에 집

걸어 들어가도, 기어들어 간다는 개미 집
구멍만 뚫어 놔도 집이 되는 쥐구멍

개도, 돼지도 모두가 자기 집이 있는 것처럼
나에게도 기어들어 가는 집이라도 있으면 좋겠다

무재봉

무재봉은
구름도 품고 하늘도 품었다

무재봉은
나무도 품고 짐승도 품었다

무재봉은
죽은 사람도 품고 산 사람도 품었다

부재봉은
우리 마을도 품고 남의 마을도 품었다

무재봉은
산 깊숙이 어디엔가
봉황의 알을 품고 있다하여

우리 소망 모두를
거기에다 담고 있네

* 무재봉 : 작가의 고향인 보령시 주교면에 위치한 산으로 주교면에서는
　　　　　가장 높은 산

가을에 뜨는 달

텅빈 하늘에
보름달만 덩그러니

그대와 함께 있을 때는
달이 있었는지, 없었는지
생각도 안 나는데

그대 떠난 저 달을
나 혼자서 어떻게 지켜보라고

가을 달은
그림만 보고서도 서럽거늘,

달빛 소리

비에 젖은 낙엽
밟고 넘는 소리

헌 집 문 틈새로
숨어드는 소리

가을 달은
초승만 되어도

소리 없는 소리가
가슴을 두드린다

홀로 도는 풍차

보령시 천북면 굴구이 단지
그림 같은 마을 앞에
키 큰 바람개비 하나
허공을 저으며 홀로 서 있네

어린 시절 내가 갖고 놀던 바람개빈데
지금은 누가 가지고 놀기에
저토록 앙증맞을까

바람개비 날개가 셋 밖에 없어
꾸벅꾸벅 돌아가는 것이
잠이 덜 깬 마당쇠가 돌리고 있나 보네

바람개비 들고 뛰던 수숫대 자루는
야산 위에 꼼짝 못 하게 박아 놓았으니
빨리 돌리고 싶어도 어쩔 수 없나 보네

대체
누가 갖고 노는 장난감일까?

천천히 돌아가는 날개로

빠른 세월 한 자락 씩 퍼 올려가네

뻐꾸기의 죽음

시멘트로 둘러싸인 아파트
벽에 걸린 시계 속에 살고 있는 뻐꾸기

시간만 되면 귀여운 모습 쏘옥 내밀고 뻐꾹, 뻐꾹
한낮의 소음도, 한밤의 적막도 삼켜 버린다

어느 날 갑자기 뻐꾸기 울음소리 멈춰버리고
시계 초침만 숨죽여 똑딱이고 있는 것이 보였지

달려가는 세월
울며울며 쫓아가다 숨이 차서 죽었나?

그래도
시계는 반려자의 시신을 몸속에 묻은 채로
모르는 척 혼자서 잘도 돌아가네

서두를 거 없다

이른 아침이
아무리 이르더라도
어제 저녁보다는 늦다

늦은 저녁이
아무리 늦더라도
내일 아침보다는 이르다

꽃님

밤하늘 별이 아름답다 해도 꽃만큼 아름다우랴
반짝이는 보석이 제아무리 예쁘다 해도 꽃만큼 예쁘랴
꽃은 예쁘기도 하지만 향기 있어 아름답기도 하다

꽃나무 하나 없이도 꽃길이 되고
꽃 이파리 하나 없이도 꽃님이 되고
꽃이 무언지 알지도 못하는 것이 꽃사슴이 되는 것은
꽃이 갖고 있는 아름다움 아니더냐

시집에 꽃이 없는 시집이 없고
화첩에 꽃이 없는 화첩이 없다

잡초에 꽃이 펴도 버릴 꽃은 하나도 없고
세상 것 다 버리고 가는 사람도
무덤 속 들어갈 땐 국화꽃 몇 송이는 가져가더라

우는 자에게 꽃을 주면 웃자는 것이고
웃는 자에게 꽃을 주면 웃음꽃이 아니더냐

세상은 모두가 꽃을 향해 가고 있다
꽃구름, 꽃바람, 꽃비, 꽃단장, 꽃동산, 꽃동네, 꽃시계
꽃미남, 꽃순이, 꽃놀이, 꽃싸움, 꽃뱀, 꽃상여까지……

까치집 애기

은행나무 에 까치집 한 채
그 옆에 나무도 또 한 채

지금 짓고 있는 집은, 한 채 있는
집 위쪽에 이층으로 이어져
연립주택인 모양이다

택지가 높아 공기 맑고, 전망 좋고
모양까지 그럴 듯 하다

까치는 해마다 빈 집이 늘어나도
절대로 묵은 집에 입주하여 자식 낳고
기르는 법은 없다

까치는 사람보다 영리했다
수요공급이 한 치의 오차도 없었으니
주택값 파동은 먼 나라 얘기다

눈부처

五帆 이희영 제7시집

새 에덴의 연가

- 五岩 이희영의 시세계

신익선/문학평론가·문학박사

<해설>

새 에덴의 연가
- 五岩 이희영의 시세계

신익선/문학평론가·문학박사

1. '눈부처'의 눈동자

흔적이 없다. 광활한 우주에 사람이 살지 않았다. 땅에서 올라온 안개만이 이 땅의 주인이던 시절이었다. 자욱한 안개의 운행은 에덴동산으로 일시 멈췄다. '아담'과 '이브'가 에덴에 창조되었기 때문이다. 인류 탄생의 역사가 에덴으로부터 비롯되었다는 이 서사를 천주교와 기독교, 유대교, 이슬람교의 신도, 수억 명이 신봉한다. 소위 창세기라 일컫는 이의 사실 여부를 떠나 에덴은 태초太初를 상징하는 신성한 이름이다. 그러나 '행복'이라는 뜻만큼이나 행복하여야 함에도 첫 인간은 절대자의 명령을 어기고 선악과를 따 먹는다. 곧이어 살인과 저주와 질투가 만연하였다고 전해지는 동산이다. 그 에덴이 인공지능 AI의 시대, 오늘에 이르러 다시 재현되고 있다. 재현하는 시연자試演者는 오암五岩 이희영李熹榮 시인이다. 충남 보령시 주교 출생이다. 태어난 고향 집 터전에서 살아

가는 정신 연령이 갓 스무 살 정도쯤 되었는가. 팔팔하고 풋
풋하다.

집 뒤 켠 대숲이 울창하다. 각종 새소리 무르녹는 고향 집
이다. 너른 텃밭에 엄나무를 기르며 살지만, 정작 진짜 경작
하는 경작물은 시詩 농사다. 유서 깊은 충남의 작은 소도시
보령에서 사시사철 시에 파묻혀 미친 듯이 시 농사를 짓는
다. 설령 잘 영근 시 알곡을 추수하지 못하고, 알곡이 아닌 쭉
정이 시를 거둬들여도 짓고 또 짓고 시 농사를 짓는다. 한 고
개만 넘으면 팔순八旬이라는 세속의 터울은 전혀 격에 안 맞
는다. 알곡 시 농사를 짓기 위하여 열정적으로 밤샌다. 언젠
가 알곡을 거둬들이겠지, 믿으면서 뚝심 가득한 시 창작의
열정이 연일 이어진다. 근래에 들어 한국 전역의 시인 중에
서 밤낮 가리지 않고 미친 듯 시 창작하는 시인은 오직 이희
영뿐이다. 어떻게 그를 단정 짓는가. 판단하기 어렵지 않다.
시다. 이희영 시편이다. 이희영은 무진장 창작해 내는 자신의
시편에 그를 고백하기를 주저치 않는다. 그들 시편을 보자.

> 나는 너의 거울이 되고
> 너는 나의 거울이 되어
>
> 내 눈 속에 너를 담고
> 네 눈 속에 나를 담으면
>
> 우리는 부처의 마음 되어
> 눈부처라 부른다
>
> -「눈부처 1」 전문

서로를 비춰주는 연인들의
거울이다

그대 담은 내 사랑
어디에다 비춰볼가

그대는 아는가?

내 사랑
눈부처 되어
마주 담고 싶은 걸

-「눈부처 2」 전문

들판에 질펀한 달맞이꽃 봉오리에
서걱서걱 달이 피어나고 있다

-「눈부처 3」 전문

본디 서정시는 악보樂譜가 그려진 가사歌詞다. 가사가 시이
자 노래였다. 가사로도 전혀 손색없는 「눈부처 1」에서 화자
의 '나는 너의 거울이 되고/너는 나의 거울이 되어'의 첫 연
은 합일의 의미를 담고 있다. 지금 마주 바라보는 두 사람이
거울처럼 마주 보는 하나라는 것이다. 상대방과의 눈동자에
담긴 형상이 그렇다는 것이다. 누구든 살아서 부처 되는 이
는 없다. 성불成佛은 죽음 뒤의 등식이다. 오직 죽은 자만이 듣
는 명사다. '눈부처'에서 다른 사람은 없다. 지나간 사랑이 아
니다. 한집에 같이 살던 과거의 사람이 아니다. 과거에 사랑
했던 어떤 사람도 아니다. 미래 사랑도 아니다. 바로 눈앞 사

람이다. '그대'가 전부다. 그래서 '내 눈 속에 너를 담고/네 눈 속에 나를 담으면'이 가능하다. 일심一心이자 동체同體, 즉 일심동체, 순전하고 온전히 하나를 이루는 사람이다.

「눈부처 2」는 '눈부처 1' 보다 저돌적이고 직설적이다. '눈부처 1'에서는 공개념인 '우리'라는 대상과의 적정한 거리가 유지된다. '사랑' 어휘가 좀처럼 내색하기 힘든 일이었다면 '눈부처 2'는 아마 시간이 흘렀을 것이다. 드러내놓고 '그대는 아는가?'라고 묻는다. 급하고 솔직하다. 서로가 생판 낯선 음정들이 어느 정도 귀에 젖었거나 친숙해졌다는 의미다. '내 사랑/눈부처 되어/마주 담고 싶은걸'이라면서 단번에 '내 사랑'이라 쓴다. 첫 연의 '서로를 비춰주는 연인들의/거울이다'라는 표현은 사랑의 감정을 짐짓 에둘러 표현한 연이다. '거울'을 꺼내기 위한 일시 방편이기도 하다. '거울'은 오직 마주 보며 반사하는 물상이다. 눈부처 거울은 눈동자다. 상대가 사라지면 눈동자라는 거울도 없다. 그 '거울'에 '내 사랑/눈부처 되어/마주 담고 싶은걸'이라는 정념을 담기 위함이다.

'눈부처'는 그러나 눈동자에 어리는 달그림자 정도나 될까. 광막한 해변을 스쳐 파도에 어렸다가 말없이 사라지는 은은한 달무리 정도나 될까. '들판에 질펀한 달맞이꽃 봉오리에/서걱서걱 달이 피어나고 있다'라는 「눈부처 3」은 '눈부처' 시편 중에서 백미. 시는 언어를 버리고 언어를 찾는 일이다. 언어를 벼려 전율하는 언어의 밀도를 찾는 일이다. 그래서 시인은 자주 전율한다. 만일 전율이 없다면 시인이 아니다. 시를 써 놔야 소용없다. 그처럼 이 시편, '눈부처 3'은 그

전율이 소용돌이친다. 무수한 언어가 죽고 뼈에 해당하는 핵심만 살아 있다. '사랑'이 어디 호락호락한 굴렁쇠이던가. 아니다. 말똥구리가 굴려 가는 부유물이 아니다. 무수한 사람들이 무수히 내뱉는 단어이지만 사람이 살아가기 힘든 겨울이다. 서리 내리고 서릿발 일어서는 오동지 섣달 서릿발이다. 땅거죽을 들어 올리는 냉기가 가열 찰 춥디추운 겨울을 앞둔 듯한 달맞이꽃 봉우리다. 서릿발 부스러지듯이 '서걱서걱'거린다. 뭔가 각도가 안 맞는다는 표현이다. '달맞이꽃'이 지천이지만 달맞이꽃을 담은 눈동자에서 ^(달맞이꽃)눈부처가 서걱서걱 대는 중이기도 하다. 서걱거리는 그 자리에 '달'이 피어난다고 한다. 푸르름의 뜨거웠던 계절, 여름이 다 가고 '가을달'이 뜬 것이다.

텅빈 하늘에
보름달만 덩그러니

그대와 함께 있을 때는
달이 있었는지, 없었는지
생각도 안 나는데

그대 떠난 저 달을
나 혼자서 어떻게 지켜보라고

가을 달은
그림만 보고서도 서럽거늘,
　　　　　　　　　- 「가을에 뜨는 달」 전문

가을의 보름달이다. 달이 시속에 등장하는 건 프랑스 낭만주의 문학 시대를 연 '샤토브리앙'과 연관이 깊다. 그는 '달이 푸르스름하고 비로드 같은 대낮은 나무들 사이로 내려갔다. 그리고 가장 깊은 어둠의 두려움 속에 이르기까지 빛의 다발들을 찔러 넣었다'(『크리스처니즘의 특성』 1장 중 일부)라든가 또는 '달은 그 비통한 전날 밤에 그의 창백한 불꽃을 준비하였다.'(『아탈라』 일부)라고 썼다. 샤토브리앙을 본받아 닮고 싶어 하며 존경을 바치던 '빅토르 위고' 역시 『근동 시편』 10장에서 '달의 밝음'에 대하여 썼다. 그렇다면 이희영의 '가을에 뜨는 달'에서 화자는 어째서 보름달을 먼저 짚는가.

변화하는 천체인 달은 안정된 물상이 아니어서다. '오! 달에 의해 판단하지 말지어다. 그 둥근 모양이 날마다 변화하는 불안정한 달에 의해 판단하지 말지어다. 그대 사랑이 그렇게 변해버릴까 봐 무섭구나'(셰익스피어, 「로미오와 줄리엣」 5장)처럼 변하기 때문이다. 가을에 뜬 달에서는 그 '변화'를 지나 연모의 대상과 이미 헤어졌다. 만월에서 이제는 하현달로 쪼그라들 일만 남았다. 그것이 3연에 나타난다. '그대 떠난 저 달을/나 혼자서 어떻게 지켜보라고'라는 건 '혼자'에 방점이 찍힌다. 혼자다. '서걱서걱' 거리는 '눈부처 3'의 겨울 행로인가. 가슴 설레든 시간이 다 지나가고 불모의 계절에 맞닿아 있음이 적시된다. '가을 달은/그림만 보고도 서럽거늘'이란 표현에서 '혼자'라는 정황이 여실하다. 가을 가면 겨울이 올 터, 혼자의 서러움은 점차 가중될 터이다.

'가을 달'에 이르러 아름다운 연정, 아름다운 동경, 아름다운 몽환이 사라진 눈부처의 눈동자는 스산하다. 그러나 화자는 '눈부처'의 대지, 눈부처의 연모, 눈부처의 꿈을 포기하지 않는다. '가을에 뜨는 달'이, 가을 보름달이, 저절로 사위어갈지라도, '그대 떠난 저 달'의 달 문양이 사라져 갈지라도, 그것은 외연의 작은 풍물일 뿐, 마음에 간직한 연모의 로망은 여일하다. 설령 사랑이 떠나갔다 하여도 상관없다. '결 고운 뒷모습에 빠져/사랑했는데/뒤도 돌아보지 않고/냅다 떠나버린 나의 짝사랑이여.'(「길고양이」 일부)라면서 껄껄 웃는 건 아니지만 크게 슬퍼하지도 않는다. '짝사랑'을 한 것이다. '짝사랑'은 상대방이 떠나가건 죽건 개의치 않는다. 줄곧 그냥 사랑한다. 이별이 다가와서, '누가 눈물 없는 이별이라 하여/슬픔 없는 이별이라 쉽게 말하는가'(「이별 그리고 눈물」 일부)라고 쓰면서 울었어도, '사랑이란/말이 아니어도//목소리만 들으면/가슴부터 출렁인다'(「그대 목소리」 일부)라는 설렘의 파도가 나온다. '그대'는 여전히 살아 있다. 살아서 가슴속에서 막 출렁거리는 것이다. 이렇듯 '가을 달'은 '거울'을 동경하는 '돌부처'의 다른 눈동자인 것이다. 화인火印이듯 한번 가슴에 박힌 사랑의 감동 어린 눈동자는 아무리 세월이 흘러도 쉬이 사라지지 않는다. 이 눈동자다. 순수무구純粹無垢한 나라의 새로운 영토다. 이 영토가 '눈부처'의 눈동자를 꿈꾸는, 티 없이 순수하고 애틋한 이희영의 시 세계 중 하나라 하겠다.

2. '눈길'의 동아리

발자국이 길을 내는 일은 일반적이다. 산야나 습지를 사람이 밟고 다니길 반복하면 길이다. 사람 발자국이 길을 내듯이 눈目과 눈目이 바라보는 눈의 발자국이 내는 길이 있다. 눈길이다. 눈길도 길을 만든다. 육신의 눈으로 확인되는 길이 아니다. 불가해의 영역에 그려지는 길이다. 지상의 길이 아니다. 심상의 길이다. 육신이 밟아서 가는 길이 아니다. 신의 영혼이 점지해야 만들어지고 걷게 되는 경이로운 길이다. 그 길이 '얼굴'의 '눈'에서 시작되는 이희영 시인의 눈길의 길이다.

얼굴의 오관 중
입, 코, 귀는 한쪽 길만 있어
일방통행이지만
눈에는 사방으로 통하는
사통팔달의 길이 있다
- 「눈길 1」 전문

눈이 가는 길은 눈길이라 하고
발이 가는 길은 발길이라 한다

눈길은 걸음이 번개같이 빨라
가야 할 길을 먼저 다녀와서
발길이 가도록 길 안내 한다

눈길은 보이지 않고
걸을 수도 없지만

하늘을 보면 하늘에 길 나고
땅을 보면 땅에 길 나고
바다를 보면 바다에 길 나고
꿈을 보면 꿈속에 길 난다

눈을 슬프게 뜨면 설운 눈길 되고
눈을 무섭게 뜨면 사나운 눈길된다

사나운 눈길이 마주치면
싸움이 시작되고

뜨거운 눈길이 마주치면
사랑이 시작된다

- 「눈길 2」 전문

위 시편들은 눈길의 동아리, 두 사람이 만드는 눈길의 동아리가 눈길을 내는 이야기다. '눈길 1'에서부터 벌써 깊은 성찰의 프로세스가 읽힌다. '얼굴의 오관 중/입, 코, 귀는 한쪽 길만 있어/일방통행이지만'이라면서 '눈' 이야기를 꺼내기 위한 전위로, 얼굴의 오관인 눈썹을 빼고 먼저 입, 코, 귀를 거론한다. '눈'을 말하기 위함이다. '입 코 귀'가 오로지 하나의 기능을 하는 데 반하여 '눈'은 모든 사물을 관찰하고 감시하는 기관이다. 눈동자의 흑백이 분명하고 눈동자가 단정하며 광채를 머금은 듯 빛나고 모양이 가늘고 길게 생겼으면 길상이라 하며 나머지 네 가지 기관을 선도하는 역할을 한다. 그렇기에 시적 화자는 '눈에는 사방으로 통하는/사통팔달의 길이 있다'며 '눈'의 주요한 위상을 쓴다. 여기까지는 '눈길'의 초입이다. 왜 '눈길'을 쓰는가에 해답은 '눈길 2'에 있다. '눈길 2'에서 '눈길'의 속도를 '번개 같다' 한다. 측량할 길 없이 빠르다는 것이다. '눈길은 걸음이 번개같이 빨라/가야 할 길을 먼저 다녀와서/가도록 길 안내'한다는 2연이 그를 잘 설명한다.

　다소 장황하게 이어지는 이 시편의 대미는 끝 연의 '사랑'에 닿아 있다. '눈을 슬프게 뜨면 설운 눈길 되고/눈을 무섭게 뜨면 사나운 눈길'이 되는데, 요체는 마지막 2연에 있다. 사람이 슬퍼하거나 사람과 다투는 일은 사람의 지체 중에서 가장 먼저 '눈길'이 벌이는 짓이라 보는 것이다. 보는 일, 눈으로 보는, 눈길은, 이성을 앞질러 단번에 눈앞의 대상을 판가름 짓는다. 그 속도가 마치 번개와 같은데 통상 그를 직관 直觀이라 한다. 칸트는 그의 『순수이성비판』에서 직관을 설명하길, "직관 없는 개념은 공허하고, 개념 없는 직관은 맹목적이다."라고 썼다. 감각, 경험, 연상, 추리, 판단 따위의 사유 작용을 거치지 않고 대상을 직접적으로 파악하는 이 직관에서 '뉴턴'의 중력과 운동법칙, 유레카를 외친 '아르키메데스'의 법칙들이 창안되었는데 이러한 직관만을 이용하여 진리와 실재를 파악하는 것을 소위 직관주의라 한다. 이희영은 '사나운 눈길'이 아닌, '뜨거운 눈길'이 닿아야 비로소 사람의 '발길'이 움직이고, 사람의 '발길'은 먼저 직관의 눈으로 보는, 눈길을 거쳐 확정된다고 한다. 그러고 나서 '사랑'이다. '뜨거움'은 뜨거운 감정을 불러일으켜 '사랑'이 시작'된다는 것이다. 이때의 사랑은 불가항력이다. 결국, 사랑의 시작이란 '보는 일'로부터 파생되는 견자見者의 일', 곧 바라보는 '눈길'의 역사라 할 것이라 보는 것이다.

> 그대 떠나는
> 기차 꽁무니에 눈길 얹어
> 멀리까지 바라보고 있었습니다
>
> 찻길이 점점 좁아지면서
> 기차 꽁무니도 점점
> 작아져 갔습니다
>
> 드디어
> 한 줄기의 짧은 선 안에 작은 점이
> 갇혔다가 사라져 버렸습니다
>
> — 「정거장에서」 전문

> 겨울에 내리는 밤비가
> 번개를 앞세워 구름을 불사르며
> 천둥소리는 천지를 진동시킨다
>
> 철도 모르는 비가 무엇이 저렇게
> 도도할 수 있는 걸 까
>
> 비 개인 아침
> 마당가 동백꽃 몇 그루
> 뜨다 말은 부처 눈길, 눈꺼풀 활짝 열고
> 천둥이 찢고 간 하늘에 꽂힌다
>
> — 「동백꽃 2」 전문

보는 일, 눈으로 보는 일, 그 눈길의 역사는 위 시편에서도 재현된다. 인간의 행위 일체를 규정짓는 주요 잣대가 '눈길'이라고 예시하는 시편들이다. '정거장에서'는 한 폭의 정물화다. 정물이되 한 곳에 멈춰 선 풍경이 아니라 움직인다. 이동하는 '눈길'이 산다. '그대 떠나는/기차 꽁무니에 눈길 얹어/멀리까지 바라보고 있었습니다' 눈길의 길은 빠르고 길다. 기차 꽁무니가 내는 철도 길을 따라가고 있다. 순식간의 일이다. 기차가 사라졌다. 그러나 '눈길'은 그대로다. 그러다가 '드디어/한 줄기의 짧은 선 안에 작은 점이/갇혔다가 사라져' 버려도 '눈길'을 거두지 않는다. 왜 눈길을 거두지 못하고 기차가 '작은 점'이 될 때까지 바라보는가. 아쉬움 때문인가, 허전함 때문인가, 외로움 때문인가. 그런 연유도 없지 않겠지만 순전하기 때문이다. 더 적확하게 시인이기 때문이다. 대책 없이 아둔하고 어리숙한 대명사인 시인이기 때문이다. 보내고 싶지 않은 사람을 보내는 '정거장'은 꼭 기차나 버스에서 승하차하는 어느 역이 아니다. '눈길'이 가고 '눈길'이 머물렀다가 쓸쓸히 다시 그 '눈길'을 거두고 터벅터벅 돌아서는 곳이면 어디나 다 '정거장'이란 함유를 담고 있다.

여름 폭풍우처럼 내리는 겨울비를 쓴 시편이 '동백꽃 2'다. 함박눈이 오는 대신, '번개를 앞세워 구름을 불사르며/천둥소리는 천지를 진동'시키며 오밤중에 '겨울비'가 내렸다고 한다. 날이 밝은 아침에 마당에 나섰다. 일상의 일이다. 담박 눈에 들어오는 정경이 있다. '마당가 동백꽃 몇 그루'가 심상치 않다. 동백꽃 그루들에서 '뜨다 말은 부처 눈길'을 마주하기 때문이다. 동백꽃이 핀 것이다. 겨울비에 꽃망울을 담고 있던 동백이 일제히 피어난 것이다. 동백꽃들도 나름대로 눈길을 갖고 있다. '뜨다 말은 부처 눈길, 눈꺼풀 활짝 열고/천둥이 찢고 간 하늘에 꽂힌' 것을 본다. 겨울 동백의 개화는 그러니까 단순히 겨울이어서가 아니다. 혹독한 천둥과 번개와 뇌우의 일이 있어야 가능하다. 동백의 '눈길'도 사람의 '눈길'이나 매양 일반이어서 '눈길'은 언제 어디서나 쓸쓸하고 외롭고 고독하며 힘겹게 '눈길'의 한 생애를 살아내곤 기차가 사라지듯, 동백 꽃잎이 떨어지듯, 사라지는 것이다. '눈길'은 내는 일은 이래서 늘 부질없는 짓이다. 그러나 부질없음이 삶이자 시의 나라, 시의 세계 아니던가. 부질없을지라도 '눈길'의 서사는 계속하여 쓰게 될 터이고, 연이어 죽을 때까지 계속하여 이어질 것이다. 이것이 '눈길'의 동아리가 살아내는 '눈길'의 일대기이자 이 점이 바로 끈질기게 지속하는, 명징한 이희영 시 세계의 한 울림이라 하겠다.

3. 중심의 빛살

인간 정신의 근원은 가정에 있다. 심오한 학문이나 철학 일체는 물론 사람의 모든 대내외적 활동의 근간은 가정에서 나온다. 사람과 사람이 인연을 이뤄 새 생명을 낳아 기르는 가정이 마음의 중심이다. 마음의 거처는 오직 처마와 가족들로 이루어진 가정이라는 말이다. 공자가 논하셨다는 사서삼경의 대학에 나오는 수신제가치국평천하修身齊家治國平天下는 그래서 단순한 말이 아니다. 마음을 닦고 몸을 돌볼 줄 알아야 그

나머지 일도 할 수 있다는 이 말씀 이면에 인격화된 건강한 몸과 좋은 가정이라는 두 기둥이 있다. 누구든지 가정에서 바로 서지 못하면 그가 이뤘다는 세속의 성취는 추풍낙엽이다. 무의미한 것이다. 시인 역시 말할 것도 없이 시 작품 일체와 생애가 즉시 휘발된다. 가정의 가치는 그만큼 절대적이다. 그래서인가. 이희영은 비교적 상세하게 다양한 가정사를 시편에 풀어놓는다. 가정의 중심이었던 선친을 필두로 사별 이후 늘 그리워하는 모친, 그리고 자녀의 서사를 시편에 담담히, 또는 코믹하게 써냈다.

아버지는 벅찬 서사시
아버지가 늘 무서웠다

아버지가 나를 혼낼 때 부러뜨린
할머니의 장죽 담뱃대만 보면
소름이 돋았다

까닭 없이 죽이고 싶던 선생님도
아버지의 성난 눈매를 닮아 있었다

아버지와 함께 사시는
어머니가 늘 걱정되곤 했다

마침내 친아버지가 계실 것 같다는
짐작이 사춘기와 만나 가출을 꿈꿨다

그러던 여름날
자고 있던 내 이마의 종기 고름을
아버지는 입으로 빨아내셨다

아버지의 맵던 회초리가 뜨겁게
가슴 속으로 변곡점을 찍었다

아버지의 삶은 시만큼 아름다웠지만
시보다 훨씬 고독 하셨다

- 「나의 아버지」 전문

뒤껼 언덕바지에 새로 나온 죽순과 잡목들을
베어내니 모처럼 본모습이 드러나며 새집처럼 정결
해졌다
장마 틈새로 아침햇살이 빗은 머리같이 곱게 내려와
소꿉장난이라도 하는 듯 재잘거린다

내 눈에 다래끼가 생겨나면 어머니는 아침 해가 뜰 때
내 손목을 잡고 언덕에 올라가, 하얀 대접에 정화수 모셔 놓
고 팥알을 정화수에 담그시며 병이 낫기를 주술 해 주셨지요.
늦어도 하룻밤 자고 나면 다래끼는 거짓말처럼 사라지곤 했
었지요

어느새
어머니도 멀리 가버리시고 다래끼가 기승 하던 세상도
슬그머니 감춰 버렸지요. 그때 그 곱던 햇살이 언덕에
다시 내려앉아 소곤거리고, 고목나무 새소리는

옛날 그대로인데 날 위해 빌어 주시던 어머니는 어디 계신가요

'엄니! 제 눈에 다래끼 올랐어요'

- 「눈 다래끼」 전문

'아버지는 벅찬 서사시/아버지가 늘 무서웠다'라는 '아버지' 시편은 엄하셨던 선고장을 회상하며 쓴 시편이다. 유년 시절 아버지로부터 얻어맞은 회고담이 주를 이루고 있다. 회초리는 할머니의 긴 담뱃대였다고 한다. 담뱃대는 대나무로 만든다. 쉬이 부러지는 재질이 아니다. 게다가 짧다. 짧은 담뱃대가 부러지도록 맞았으니 그 가혹한 훈계를 소년이 어찌 알았겠는가. '마침내 친아버지가 계실 것 같다는/짐작이 사춘기와 만나 가출을 꿈꿨다'라고 쓴다. 가출이 무엇인가. 집 밖으로 도망치는 것이다. 집이 싫은 것이다. 부친의 훈육이 폭력이라 단정한 것이다. 3연의 '까닭 없이 죽이고 싶도록'이라는 증오의 문장도 나온다. 혹독하게 혼나던 어느 날이었다.

갑자기 누군가의 인기척이 느껴지고 이마가 따스해졌다. 아버지다. 그토록 무섭고 싫은 아버지가 이마에 오셨다. 이마에 아버지 입술이 포개져 있었다. 이마에 앓고 있던 종기, 그 더러운 고름을 입으로 빨아내셨다. 6연은 그래서 이 시의 반전이 이루어지는 연이다. '그러던 여름날/자고 있던 내 이마의 종기 고름을/아버지는 입으로 빨아내셨다'가 그것이다. 이는 마치 춘추전국시대 위나라 장군이었던 '오기'를 연상시킨다. 그는 부하들 상처 고름을 입으로 빨아냈다. 그 소식

을 들은 병사의 어머니는 통곡하였다. 곧 아들이 전사할 것이라 보았고 그 예감은 적중되었다. 병사들이 용기백배하여 싸우다 전사했기 때문이다. 그처럼 6연은 처음으로 아버지에 관한 인식의 전환을 이룬 날이기도 하다. 이를 마음이 바뀐 상태, 개심改心이라 할 수 있으리라. 아버지를 새로이 이해하기 시작한 변곡점을 이룬 날이다. 이희영 시인은 이를 '아버지의 맵던 회초리가 뜨겁게/가슴 속으로 변곡점을 찍었다'라고 썼다. 그리하여 종연의 '아버지의 고독'을 거명하는 것은, 그만큼 두려움의 대상이었던 아버지와 심리적 유대관계가 두터워졌음을 나타내는 문장이다. 그래서일 것이다. 이희영은 시를 쓰기 이전에도 '돋보기'를 보면서 선친을 그리곤 한다. '지금은 시를 쓰기 전에/앉은뱅이책상 앞에 앉아 연필 대신에/돋보기를 닦아내야 한다//지청구하시던 아버지가 안 계시니/아버지가 보일 때까지 돋보기만/자꾸 닦아내고 있다'(「돋보기」 일부)에서 보듯 글씨를 확대하는 '돋보기'를 빌어 그리운 선친의 일화들을 시의 소재로 쓰고 있다.

아버지에 비례하여 어머니는 '눈 다래끼'에서 처음부터 끝까지 줄곧 그리운 자리로 그려지고 있다. '내 눈에 다래끼가 생겨나면 어머니는 아침 해가 뜰 때/내 손목을 잡고 언덕에 올라가, 하얀 대접에 정화수 모셔 놓고 팥알을 정화수에 담그시며 병이 낫기를 주술 해 주셨지요' '다래끼', '아침 해'. '언덕을 오르다', '하얀 대접', '정화수', '팥알', '주술' 등의 어휘나 문장이 나온다. 주술사의 서사다. 온갖 정성 들여 어머니는 빌고 비셨다. 다래끼가 생길 적마다 어머니는 화자의 손목을 잡고 아침 언덕에 올라 정화수와 팥알을 놓고 빌고 비셨다. 결과를 보자. '늦어도 하룻밤 자고 나면 다래끼는 거짓말처럼 사라지곤 했었지요'라는 것이다. 신통력인가, 어머니 주술로 다래끼가 없어졌다.

다래끼를 없애주신 어머니는 지금 어디에 가신 걸까. '그때 그 곱던 햇살이 언덕에/다시 내려앉아 소곤거리고, 고목 나무 새소리는 /옛날 그대로인데 날 위해 빌어 주시던 어머니는 어디 계신가요'라면서 '다래끼'를 빗대어 영면하신 어머니를 호출한다. 그 옛날 유년으로 되돌아가 그때처럼 외친다. '엄니! 제 눈에 다래끼 올랐어요' 어머니를 부르는 예전 그대로의 음성이 들린다. 예전에 어머니는 소년의 손목을 붙잡고 언덕에 오르시곤 하셨다. 정화수가 있고 팥알이 있으며 아침 해가 그를 살펴보았고 온갖 정령들이 그 기도를 들으셨다. '엄니', 너무나 유정한 단어다.

이 시편 이외에도 '온 사람 다시 가고/간 사람 다시 와서/다리는 날마다 굳은 살이 박히는데//한 번 가신 우리 엄니는 왜 못 오시나요?//섬으로 가는 길고 튼튼한 무쇠 다리/하늘까지 세워 드리면 잠깐이라도/오셨다 가실 수 있나요?'(「다리 세우기」 일부) 등등에서 이희영은 어머니를 그리워하는 시편을 쓴다. 그리고는 마침내 이희영은 어머니의 주술을 잇는 시인이 되었다. 기실 시인이란 주술을 하는 이들, 주술사의 다른 이름이다. 시를 영매로 영혼과 영혼을 부르고 만나며 신비로운 음성을 듣는다. 그들이 시인이다. 그리하여 시는 쓰는 게 아니다. 정신이 음성을 통하여 들어와 그를 받아 적는 것이다. 위 시편들에서 부모를 그리워하는 것만큼이나, 맑고 아름답고 여린 심성이 담긴 시편들은 자녀들과 오누이들에게도 똑같이 적용된다.

큰아들 장가간 지 이십 성상
작은아들 장가간 지 십여 성상
삼십 년 쌓인 세월이 손자 하나 못 들여왔다

제상 맨 앞줄, 맨 처음 우대받는 자리부터
결혼식 폐백엔 아들 낳아 달라고
모셔가는 과일이 대추

이빨로 씹어도 씹히지 않는 대추 씨같이
단단한 손자 하나 점지해 주시라고

뜰앞 개울둑에
이십여 년 묵은 감나무를 일순에 베어내고
그 자리에 대추 묘목 심어놓고 빌어 모신다

대추 나무님!
당신은 어찌해서 삼 년이 지나도록
손자는커녕 당신 자식조차
못 만들고 있나요?

차라리
내가 만들어도 손자 할 수 있다면
대추 씨 한 알 등에 업고 오입질 한 번 해볼까요

-「대추 씨 한 알 1」전문

미국에 사시는 구십 세 된 누님께
안부 전화 드렸다

요즘 건강은 어떠세요?
밤에는 죽고 낮에만 산다

그게 무슨 말씀 예요?
밤이 되면 오만 삭신 다 쑤셔대어
죽은 목숨 되었다가, 낮이 되면
겨우 살려놓는구나

그럼 어떻게 하지요?
사는 쪽만 몰아서 반으로 줄여
주면 좋겠다 만……,

그게 맘대로 되겠어요?
네가 좀 알아봐라! 늘 해가
떠있는 나라도 있다든데……

- 「반쪽 살기」 전문

'대추 씨 한 알' 시편은 1, 2로 두 편이 자리한다. 그만큼 '대
추 씨 한 알' 시편은 중요한 비중이 담긴 시편이다. 결혼식장
에서 성혼이 선언되고 폐백을 받는 자리에서 단골로 등장하
는 게 대추다. 대추는 남성의 음낭을 상징한다. 성혼하여 아
들 낳아 자손만대 혈통, 핏줄을 전하라는 무언의 무게추가 실
린 전통이 답습되는 것이다. 페미니즘을 부르짖는 현대에 핀
잔 듣기 십상이지만 가문의 어른들은 누구나 손자가 생겨 핏

줄을 이어주길 간절하게 소망한다. 그게 곧 전통이고 역사다. 그런데 골치 아프다. 성혼한 두 아들의 이력, 삼 십여 년에 이르도록 그토록 갈망하고 고대하는 소식이 없다. 이거 헛김 빠지는 일이다. 근심 걱정이 아니라 은근히, 그리고 자주 부아통이 터진다. 자식들이 몰라줘서 그렇지, 몽둥이로 후려쳐도 속이 풀리지 않을 일이다. 하다 하다못해 소원 성취용, 대추 묘목을 마당 가에 식재하곤 빌고 빌었다. '뜰앞 개울둑에 이십여 년 묵은 감나무를 일순에 베어내고/그 자리에 대추 묘목 심어놓고 빌어 모신다'가 그것이다. 얼마나 간절하면 '이 십여 년' 묵은 식구, '감나무'를 베어내고 그리하였을까. 그런데도 웬걸, 대추나무는 대추나무 스스로 대추도 안 맺히길 반복한다. '대추 나무님!/당신은 어찌해서 삼 년이 지나도록/손자는 커녕 당신 자식조차/못 만들고 있나요?' 무정한 노릇이다. 아들도, 대추나무도 기대를 저버리긴 매한가지다. 급기야 화자는 극약 처방을 내놓는다. '차라리/내가 만들어도 손자 할 수 있다면/대추 씨 한 알 등에 업고 오입질 한 번 해볼까요' 이때의 '오입질'은 세속의 바람기 따위가 아니다. 어머니가 '다래끼'를 고쳐 주시던 신령스러운 주술 행위에 해당한다. 어머니가 무당이어서 '다래낄' 고쳤는가. 아니다. 애정이다. 지극정성이다. '오입질'은 손자를 소망하는 지극정성의 중심이다. 폭소와 더불어 그러한 이해는 '대추 한 알' 시편을 빛나게 한다.

그런가 하면 구십에 이른 누님과의 대화 시편인, '반쪽 살기'는 더욱 코믹하다. 건강을 염려하는 말에 미국 땅에서 들려오는 수화기 저편의 음성이 들린다. '밤이 되면 오만 삭신다 쑤셔대어/죽은 목숨 되었다가,/낮이 되면 살려놓는구나'

구십을 살아온 몸이니 여북하랴. '그럼, 어떻게 하지요?' 다시 건강을 되묻는다. 그러자 다시 수화기 음성이 들린다. '사는 쪽만 몰아서 반으로 줄여/주면 좋겠다만'이라 한다. 몸이 아픈 밤은 없어지고 몸이 안 아픈 낮에만 사는 '반쪽 살기'를 원한다는 것이다. 시적 화자는 다시 묻는다. '그게 맘대로 되겠어요?' 대답이 다시 들려온다. '네가 좀 알아봐라! 늘 해가/떠 있는 나라도 있다든데……' 시편의 대화들이 느긋하고 여유롭다. 미구에 닥쳐올 죽음조차 사소한 에피소드라는 듯 한가하다. 화자의 친여동생과의 시편도 있다. '"호호 히히"/동생은 웃음으로 대답을 대신 하더니/핸드폰 속에다 키우고 있는 손자들의 /영상물을 보여준다//영상물을 함께 보다가/나도 그냥 따라 웃고 말았다/"허허 허 허허"(「웃음의 미학」 일부) 이렇다. 매사 느긋하고 여유가 넘치는 시편들이 늘비하다.

> 이른 아침이
> 아무리 이르더라도
> 어제 저녁보다는 늦다
>
> 늦은 저녁이
> 아무리 늦더라도
> 내일 아침보다는 이르다
>
> — 「서두를 것 없다」 전문

매사 이러하다. 서두름이 없다. 왜 그런가. 그것은 중심이다. 마음의 상태인 중심이 잘 정돈되어 평온하다. 유머러스하다는 것이다. 유명을 달리하셨어도 보모께서 가슴에 생존

하고 자녀와 동기간이 평화로운 까닭이다. 가정과 심중의 평화, 평온, 평안은 사람이 살아가면서 굳건히 간직하고 지켜내야 할 가장 주요한 덕목이다. 그러나 실상은 일에 파묻히고 세상사에 휘둘려 분주하게 살아가느라 혹간 이를 등한시하는 경향이 짙다. 마음을 잃어버린 줄 모르고 헛것에 휘둘려 공연히 '서둘러'대면서 바쁘게 산다. 그러나 '서두를 것 없는' 것이다. 가정의 평온, 심중의 안녕이 중요하다는 것이다. 이 경지를 일러 총체적으로 중심의 빛살이라 할 수 있으리라. 이것이 굳건한 시적 기반이 되어 이희영의 시 세계를 지탱케 한 은근하고도 지고지순至高至純한 얼이라 하겠다.

4. 결어

이상으로 이희영의 시집, 『눈부처』의 몇 편 시편들을 통하여 이희영 시 세계의 일단을 짚어보았다. 거의 모든 시편이 사랑을 읊고 있다. '침도 아니고 몽둥이도 아닌 것이/가슴은 세게 때리지 않아도 맞기도 전에/시퍼렇게 멍부터 든다//사랑 같은 것이'(「멍」 일부)라든가, '개들은 사람과 반려견이 되기 위해서는/평생 피눈물 나는 개고생이 따른다/그러나 사람이 반려자가 되는 것은/아주아주 쉽다.//사랑만 한다면, (「사랑만 한다면」 일부), ' 참을 수 없을 때/그때를/참아내는 것이/참는 것이다//사랑하는 일처럼(「참는다는 것」 일부), '그리움과 함께 사는 것은/고통이라 하겠지만//그리워할 사람조차/없는 사람에겐//고통도 부러운 사랑이려니(「이별연습 3」) 등의 시편에서 보

는 바와 같이 명료하다. 이희영은 이번 시집에서 사랑의 서
사를 읊고 썼다.

> 구름 한 점 없는 청량한 아침
> 얼마나 많은 구름 속 빗물을
> 쪼개고, 갈아내고, 씻어 냈을까
>
> 풀잎 끝에 한 방울 맺힌 이슬
> 다이아몬드 빛깔보다 더 영롱한 까닭을
> 이제야 알 것 같네
>
> 어차피
> 가뭄이 길어져야 한다면
> 구름은 없어도 좋을 것이니
> 한낮에도 마르지 않는 이슬이게 하소서
> ─「이슬」 전문

   그리하여 이 시집에 발표한 모든 시편의 행간과 시어에 사
랑이 들어 있다. 그 어느 시편이나 예외가 없다. 시의 배경과
이면에는 늘 사랑이 숨 쉰다. 아침 이슬의 영롱한 사랑이 자
리하고 있다. 실제 이희영은 이 시집의 백미인 위, 「이슬」 시
편을 발표했다. 아름다운 시다. 이 시 한 편이 이 시집의 모든
사상, 모든 가치, 모든 주제를 포괄하여 명징하게 드러낸다.
한없이 맑고 깨끗하며 정갈하다. 이 세계를 바라보며 이희영
은 그렇게도 끈질기게 '사랑'을 반복하여 썼다. 이렇듯 이희
영의 시는 청정한 아침 이슬의 모습을 염원하면서 삶과 시,

시와 삶의 길을 고요히 걸어가는 시편들이 고요히 자리한다. 이 고요의 나라, 고요의 염원, 고요의 설렘이 오염되지 않은 순수의 순수를 꿈꾸는 동산이 이희영의 시 세계다. 이를 일러 거울이 되어 반사하는 눈부처의 눈동자가 바라보는 새 눈길의 새 에덴이라 부를 수 있으리라. 다시 이를 일러 결코 악에 물들지 않은 눈부처의 나라를 갈망하며 부르는 새 에덴의 연가라 할 수 있으리라.